“艺术的故事·眼与心”丛书

LE BOL DU PÈLERIN (MORANDI)

朝圣者的碗钵：莫兰迪画作诗思录

PHILIPPE JACCOTTET

〔法〕菲利普·雅各泰——著　光哲——译

商务印书馆
创于1897 The Commercial Press

纪念

Michel Rossier

1

每当我与这位画家的作品直面相对，看着某一幅画作或者某一组画作时，便有一种激动，以及与此激动相联着的一种惊异。这两种感受极近于在自然的世界里，一方果园、一片草地或一座山岳在我身内所激发的那种，随之而来的是多多少少感到难以找到词句言明这种体验。因为无论在与前者还是后者的相遇中，我都与一种谜觌面相逢——这相遇让你如此地触动，究竟如何，又是为何呢？

对莫兰迪，我显然不必费心地将那些震撼我的东西翻译成文字：我不会徒劳地用词语来重述书中翻印的那些画作，它们知晓自己能抵达何处，或不能抵达何处。我不预备用文字诗来临写莫兰迪那些画下的诗。我剩下的任务即是：尝试理解背后之因，理解情绪的意蕴（这情绪深沉、持久，值得深思）；尝试趋近这谜。

这谜，它就在那里。这谜，它吸引我有多少，就拒斥我有多少。一如木梨的花朵、一如牧场的青草所给予我的。

因为一座山、一片海、一场日落、一座大城，或因为一场濒临爆发的战争、一张似曾相识的脸庞、一位挚友的亡故，而有所震动，并不吃惊。由此，相应地，因为它们在一幅画、一首诗或一段叙述里的再现而有所震动，亦不吃惊。但于这位画家——那些来来回回的三四个瓶瓶罐罐——显而易见是多么地微不足道、多么地荒唐，或者说几近于荒唐（尤其在世界似乎行将坍塌、行将灰飞烟灭之际）！而你如何胆敢宣称这样一幅画比大多数当今的艺术品更有说服力呢？

在帕尔马城郊，有一个以收藏家与艺术赞助人路易吉·马格纳尼 (Luigi Magnani) 命名的基金会，收藏了一批由他精心挑选的莫兰迪作品。马格纳尼深知这位画家，在他的一本关于莫兰迪的书中，引用了《杜伊诺哀歌》中的一段。在诗里，里尔克好奇，是否已经到了诗人不再说天空、不再说那些不可言说的，而转去说大地、说“在此地”、说近旁、说简朴的时候了：

也许，我们在此只是为了讲述：房屋，
桥，泉水，门，瓦罐，果园，窗子——
至多是：塔，碑柱……然而，听我说，
要述说得就像事物，自内心深处，
从没有相信过己身……[1]

1　出自《第九杜伊诺哀歌》。译作“自内心深处”处，德语原文是“innig”，意思不大好捕捉。里尔克用这个词，并不止于“内心深处”“由衷”的意思，还有“热忱”的意思［罗格·列温特 (Roger Lewinter) 在他的译本里可能正确地做了辨别］。而这个词在句中的位置也是有点暧昧。我相信里尔克想说的是，这些事物被诗学言说变形，抵达了一种内在的强度，乃至在它们对此有所自觉的时候，自己亦为之惊讶。译作“果园”处，德语原文是“obstbaum”，自然是“果树”的意思。但想到里尔克遗憾德语里没有法语“verger”这样的词语，故此，我直接以“果园”代之。——作者注

其实可以认为莫兰迪已经通过他的那些静物，以他自己的方式实现了。而在里尔克，因为他的曲折迂回，这更多地，还依旧只是个愿望。并且，你将马上想到，里尔克对“简朴之物”与“此地之物”的选择要多得多。而在里尔克的这些所选之物中，许多也并非那样简朴——只要想想诸如“桥”“门廊”或“窗子”这些词语在我们身上唤起的回想。相应地，里尔克诗学所表达的愿望其实已经被包括波纳尔[2]在内的其他一些现代画家所实现。在他们的画中，所有的神以及半神皆已消失，或被遗弃；桥、窗子、果园、瓶罐，均被做了惊人的变形。所有这些繁多、这些富足、这些深沉的回响，在莫兰迪的画作前面，我们必须得承认，皆被剥夺了。由此而呈现出一种谜。它持之以恒，挑衅而撩人。

这谜，须得从种种不同的角度趋近，须得极尽天真。（因为也没有更好的法子。）

2　Pierre Bonnard（1867—1947），法国画家，画作具有一种梦幻般的诗性特质，善用色彩，常凭借记忆作画。（除标明“作者注”外，本书中所有注释均为译者注，后文不再说明。）

在认识莫兰迪或今日那些想要描绘他的人的笔下，几乎不可避免地会出现“僧侣”这个词。这种比喻或许有些言过其实，且有可能理想化了这个日常生活尚不为人所知的隐秘者。然而不管怎样，提到他，这个词便涌上心头，实在是那些画作自身悄声絮语地送入我们的耳内。而莫兰迪的生活波澜不惊、默然无声，是循规蹈矩的，乃至是机械、重复的，都实在是与僧侣无异。不过，他所做的并非祈祷，并非吟诵，并非跟从《圣经》与神父进行研习，亦非照顾困苦者，而是一心一意地作画。在这些画里，上帝、天使与圣徒——连同他们的事迹——全然杳无踪影，人子的面孔也是不见的。（这可能会让人以为，是误以为，他不大关心人类。）

他一生专注，如僧侣；如他们一般，与尘世隔绝，在自己小小的画室里；与尘世隔绝，背对世间，以及这世间的日月，无疑，是为了更好地敞现自我，正如那些僧侣对于天国的敞现。但如他这般的，是怎样的一生呢？

是“永恒专注”的一生，如同爱默生。我曾在拉缪兹[3]那里读到这样的引述。他显然在此看到了一个范本，以此作为英雄的衡量标准。

当代艺术史里，这种英雄般的专注，在贾科梅蒂身上亦同样存在。但在他那里，还有焦躁、狂怒与绝望的爆发，以及呼号。所有这些纵贯他的一生，在所有的相遇、冒险、人生的风暴里，直至最终。在莫兰迪这里，专注以一种最纯粹的状态存在。

两位艺术家彼此迥异，却均在一个令人目眩神迷的时代里做到“永恒专注”。孤独、奇崛，从混沌的背景里越众而出；两人于此凌空而起，各行其道。

3　Charles Ferdinand Ramuz（1878—1947），瑞士诗人、法语作家。

摄影师赫伯特·李斯特[4]曾拍过莫兰迪的一张肖像，他正在琢磨一组自己所熟悉的物品。照片里，他眼中的专注是如此强烈，乃至有评论者因这神态而将画家与棋手作比："思虑着当前一步的同时考虑着下一步乃至全局的棋手。"评论者接着讲道："我相信，画家以同样的专注布置他的这些物品，在画室静谧的光下，在桌子上。桌子上铺着一层白纸，纸上满是各种标记、符号、数字，对应着他永不停息地作着变幻的种种构图。"这个比喻道出了真相，起码是部分的真相。而另一部分的真相是——很明显，没有对手坐在他的对面，所以他没有对决。所以在这里，他如此强烈的专注，最终只是展现了他比对手更高一筹，或者说只是在寻求某种纯粹脑力计算的回报。

4　Herbert List（1903—1975），德国摄影师，玛格南图片社成员。曾用十多年时间专心拍摄意大利，包括很多艺术家的肖像。

如果不嫌浮夸的话，也可以说一句陈词滥调：他的敌手是死亡，他着意的是尽自己最大可能击败死亡的诡计；然而，对于莫兰迪的独有之谜，我们的探索依旧并未更进一步。

Herbert List, *Giorgio Morandi*
photographie
Bologne, Museo Morandi

贾科梅蒂与莫兰迪两人在作品上独具特色的专注，恰可以在其构图中寻到——总是正视图，在贾科梅蒂那里，聚焦在面部、在模特的眼睛上；在莫兰迪这里，不断趋向于将物向着画布中心聚集，那些物早已被画得像是在一条横饰带上一般。

可以看到，在两位艺术家这里，一切，绝然是一切——人生以及作品——皆奋力地在抵抗着涣散。

关于这两个伟大的形式追寻者，还有几句要讲一讲：说起来，两人均是遵从了某种令人叹服的狂热，但重要的是不要忘记在贾科梅蒂这里，人与面庞几乎构成了唯一的“主题”，而这些，在莫兰迪那里则完全缺席；此外——我要再说一次——在贾科梅蒂这里，存在一种“表达的狂暴”，而莫兰迪永远都镇定自若，只有寥寥几次从寂静里意外出离；最后一句，不带任何道德判断，只是一种更形象的说法——贾科梅蒂更愿与“撒旦”厮混，而莫兰迪总是与“天使”相伴……

Natura morta, 1957
huile sur toile
20 × 30 cm
Bologne, Museo Morandi

Lamberto Vitali, *Morandi: Catalogo generale*, 2 vol., Electa, Milan, 1977, t. II, n° 1055

2

帕斯卡[5]、莱奥帕蒂[6]：在莫兰迪隐居于画室所度过的一生中，这两位似乎一直都是他最爱的作家。这样一种坚定的选择对我们更深入地理解他不可能没有帮助。

5 Blaise Pascal（1623—1662），法国数学家、物理学家、哲学家、散文家。提出“帕斯卡定理”，著有《思想录》《算术三角形》等。

6 Giacomo Leopardi（1798—1837），另译莱奥帕尔迪。一生创作四十余首诗，而与但丁、彼特拉克齐名的意大利大诗人。也是散文大家，著有《道德小品集》。

帕斯卡、莱奥帕蒂：这两人有着千丝万缕的联系。两人均短寿（均死于三十九岁），彼此相距不过两百年；两人均体弱多病——乃是天才异常早熟的代价，且均是孤独至深。帕斯卡曾有过短暂的“世俗”期，后来决绝地抛弃了人世间的一切依恋，憎恶背离上帝的不洁肉体；莱奥帕蒂是迫不得已地孤独，怀着对爱的热望，却只能远远地，在梦中依稀体验……两人均终身未婚：一个是主动选择，另一个起码部分是因为“命中注定”。由此，有意也罢，不得已也罢，这两位僧侣一般的人均隐居在自己的作品里；哪怕只是为了这一个理由，莫兰迪也会对这两位的命运感到亲近。

帕斯卡说：

我们在汪洋里漂荡，载沉载浮，缥缈无定，听凭风吹浪打。每当我们觉得要有一些可以依靠的点，来固稳我们自身，它便放肆摇荡，将我们抛诸身后；而如果我们追逐它，它便避开我们的抓取，溜走，永远逃离。从不为我们停留。与我们想要的背道而驰，然而，这就是我们的常态；我们一心想要寻到一个安稳的根基、一个最后的永恒根基，建造一座通往无限的高塔；然而，我们整个的根基崩塌，大地开裂，化为深渊。

在一切境地里，自然返回给我们的都是不幸，欲望却为我们营造出一种幸福的境况，因为它将另一个境况下的喜悦添加到了我们现有的境况之下；然而，即使获得这些喜悦，我们也不会幸福，因为我们的欲望会随着新的境地而水涨船高。

然而，当我进一步思考，并找到造成我们所有不幸的症结之后，想要探索其中的缘由时，我发现了一个非常实在的原因：我们脆弱不堪，而终有一死。这是天生的不幸。每当细思及此，便感到无比悲哀，且无以释怀。

而莱奥帕蒂说：

一切皆恶。换言之，凡所有物皆为恶；万物的存在即是一恶；万物存在，而终归为恶；存在即是一恶，并导向恶；宇宙终结为恶；秩序与国家、法则与宇宙的自然进程，无他，皆为恶，朝向恶。除却非存在，再无有其他的善；根本没有任何善，除却一个，物非物——万物败坏。

(有必要让人们听到这两种声音。我还要再讲讲这两个人：讲讲他们那种“声音”的特质，讲讲他们那种奇特的语调。)

两人的背景皆是黑暗的：清晰、痛苦地意识到人类的悲哀，意识到恶的无所不在，意识到幸福的不可得——尽管人们似乎仍在为之努力；更糟的是：这黑暗依旧在延续着，从帕斯卡到莱奥帕蒂，从莱奥帕蒂到我们。而在莱奥帕蒂看来，越来越透明的幻象薄纱已无法再掩盖这种黑暗。莫兰迪便是在这样的黑暗背景前创作，他约莫是明白的，贾科梅蒂亦然（只是在他那里，呈现得更清晰一些），且今日的我们亦然。我们活着，或者苟活着，在这同样的背景前面。

我们知道帕斯卡是下了怎样激烈的赌注来解决人类不幸的症结（“我们人类处境的症结就盘踞在这个分歧之中……”）。料想莫兰迪也能够以同样执拗、热烈的信念抵抗这黑暗，似乎有些冒险；而宣称这个艺术家如果生活在中世纪，也许会画圣母像、画《哀悼基督》图，在今日，也本可以画一些渎神之作的，且这两者恰具有现代的对等——这也是扯得有些远了。尽管有人告诉我们他对自己妹妹们的宗教虔诚表示尊重，甚至说他以自己的方式有着同样的信仰。

“有时当我去思考人类的种种纷乱……，我发现一切人类的不幸均来自一个原因：他们不知道如何安静地在家中休憩……”尽管帕斯卡后来言之凿凿地认为人没有玩乐是一切不幸之中最大的不幸，但他明白，所有玩乐皆是虚妄，能够在沉默与孤独中，只专注于必要之事的人，方是唯一可以栖居在真实中的人。无论如何，这是莫兰迪从帕斯卡那里所学得的一课。他一直都在照此去做。

关于帕斯卡，莫兰迪曾向自己少年时代的朋友朱塞佩·莱曼迪（Giuseppe Raimondi）吐露过下面的话：“要说的是，他只是一个数学家。他对几何是有信念的。但你认为这不值一提吗？以数学、以几何，几乎可以阐释一切。几乎一切。”每当我试图细详他的画作，我必不能忘记他的这些话，不能忘掉那个“几乎一切”。

1964 年，在莱奥帕蒂作品的一本重要的法语译本的前言里，翁加雷蒂[7]写道：“我们的莱奥帕蒂：除了帕斯卡，我不知道还有哪位作家具有与他同样的心。”所以莫兰迪并非是唯一一个喜欢将这两个名字放在一起的人。而“心”这个词，也许在这里有些令人意外，却亦是足可明照。尤其能够明照出我所匆匆提及的他们两人的那种声音、那种声音的语调。

7 Giuseppe Ungaretti（1888—1970），意大利隐逸派诗人。代表作有诗集《覆舟的愉悦》《一声呐喊和风景》等。也是优秀的翻译家，所译莎士比亚、马拉美的作品获得高度评价。

为了每日，或几乎可以说是一生，重读同一本书（如若不是《圣经》），那么就必须能在其中找到更多东西，而仅仅陈述可以洗练成箴言的信条，是不能的。无论这信条是怎样地严厉、怎样地激越、怎样地崇高，皆不能。翁加雷蒂归之于“心”的，我理解为在这两个作家的声音中感知到的那种炽烈，即使他们彼此的声音并不一样。他们生性并非冷淡；尽管他们有超出自己年龄的那种苍老成熟，然而灵魂，却是振奋的灵魂、是少年的灵魂，燃着纯粹的火焰。这纯粹火焰的闪耀在后来的《地狱一季》里可以再次找见。（不，此刻，我没有忘掉三人彼此之间的一切分别；但他们的声音却有着一种共同的语调。这语调与一种纯粹的火焰交织在一起。）

在莱奥帕蒂的诗中，火的踪迹要少于贞洁的月光，轻柔的烟纱笼罩着世界，万物泛着银色的光辉，对着背景里沉沉的暗夜。

莫兰迪深深意识到人类的悲哀，同样深深意识到万物可能的湮灭。便可以想象他画作惊人的平静，这惊人平静背后同等的激越——无此，他便不会背负着走这么远。

我凝望晴空，

金色的街道，果园，

远方，那里的山，那里的海……

万物分明，皆依稀遥远而宁静，在一个清澈明亮的天地里——如我们在托斯卡纳的画作里的所见，如我们在莫兰迪至少某一个时段画作里的所见。

在《童年与少年时代的回忆》这篇出色的未完成文稿里，有这么一段：“……而最终一个声音：哦，落雨了，一场轻细的春雨……人们都回到屋子里，能听到门的吱呀声、落锁声……”如同这段文本里其他那些字符，或可称之为音符——这些音符的叙述，清晰而又遥远——稀有的时刻，在这一刻，莱奥帕蒂体验到某种纾解，让他得以谱写，慢慢作出一曲。仿佛他正在将梦、记忆、欲望以及思绪统统交织起来；声、色、形、味俱全了；万物，或远或近，或明或暗，但于他凶猛的欲望，永远都不足够地近，也不足够地明亮。在此之后，莱奥帕蒂定然以为在那些稀有的时刻，是幻觉带走了他；而在其他所有的时刻，当他只是听凭自己的心在言说，断言“一切皆恶”，悲叹自己的诞生，毫无疑问，在那一刻他已经将自己的终极真理浓缩成了只言片语。

而至于我，我依然是疯狂地或者说是天真地相信，我刚刚引用的这一段，无论它是独立成篇，还是被集成、被转换到某首诗的框架中去，它都要比任何箴言——无论它是肯定的也罢、否定的也罢，无论它本身多么简洁、多么具足说服力——更加接近于真实相——关于这世界、关于我们的真实相。

从自己最熟稔的诗人那里为自己的艺术寻求帮助，莫兰迪这种直觉上的做法，也是很自然的。

3

该是走近这些画作的时候了。我曾多次公开表示“不写艺术”，如今却因这些画作而食言。面对这些画作，可以想象莫兰迪如此独白（大胆些吧，尽管晓得他也许永远都不会说出这样的话来）：

他人赞美这世间的绚丽、繁多与辉煌，并凭着形与色做复杂的管弦协奏，且做到了；这不合我的本性，且在今日或许已是不合时宜。但如果想要获得同样的结果，而仅凭一种极其贫乏的手段与有限的调子，那么就需要一种大专注。我背对这世间（放弃或者说几近放弃了所谓的生活）。我把自己关在一间斗室里，只有寥寥几件物品，大都是些平常的物品，甚至不会像夏尔丹所选的那些，能让人想到“卑微的生活里那些简单乏味的劳作”；但它们永远保持物之为物，不会像在那些抽象画家那里一样，变异成某种纯粹的形式。当我在画室里与它们一起，便有一种大寂静栖居在我身内、在它们周边；仿佛我在重读《无限》[8]，在这首诗里，莱奥帕蒂将想象的树篱外的“超然的寂静”与穿过枝叶的风声“比对”——也可以说是对立；确认在无限空间中发现沉迷思绪的美妙。（并由此为帕斯卡的句子谱写了一组抒情的变奏，帕斯卡句中的每一个词语——每一个音符——都能在这首诗中找到：“这无限空间里的永恒寂静让我惊骇。”）

8 《无限》，作于 1819 年，是莱奥帕蒂最著名的抒情诗之一。讲述作者面对一座孤山、一片篱笆，听着风声在林叶间穿行，想着逝去的季节、在当下挣扎的季节以及它的声响。在有限里思忖着无限，在自然以及时间的声音中倾听寂静。

寂静，于我相合，且有益于我。而这寂静里，永远都藏着一个威胁；为了反击，我就要在这寂静的最深处，然而，我似乎依旧是找到了些什么，在我所想要的贫乏之中。

当然，这没有什么新奇的。从岩洞壁画的第一笔线条开始，到现在，每一个涂涂画画的人，无论有意还是无意，都在做着同样的事情——用脆弱的符号、用风过林梢的轻吟，反击空无的威胁。但渐渐地，色彩的狂欢似乎变得虚假，一如唯有在宇宙一统、河清海晏的幻觉之下，幸福和谐方得其成。自此之后，一些人相信自己可以通过嘲讽或者狂暴地摧毁那些节日狂欢、光芒四射的形式，找到一种真相；但嘲讽只是加速了沉没。还有一些人做着怪异的后跳，越过“文艺复兴”、越过“黄金时代”，自以为能够通过对古代各种形式风格的拙劣模仿，从而创造出一种新的魔法。而我所遵从的道路更审慎、更隐秘……

有一点是可以肯定的——在这条路上，对过往，他不拒斥、不模仿；也没有依凭时空的腾挪对任何异域风情有所借用。

另外：尽管莫兰迪的艺术手法是小心翼翼、不动声色的，但无疑，也是精湛的。在这个领域里，我力有不逮，所以也不再多说什么；而说实话，很多技术分析也说明不了太多东西。在莫兰迪的一组画作前面，有那么一刻我会想到巴赫，他精湛的技艺，他在《赋格的艺术》《音乐的奉献》《哥德堡变奏曲》这些伟大作品里展现的那种变奏的艺术。（我还要在这里大胆提出韦伯的名字，所有作曲家里最为专注的一位，莫兰迪的艺术也会让人想到他……）所以，是一种数学，也就是在对合音、音程、等音关系进行漫长而复杂的计算之后的结果；但是无论我们发明再复杂的机器也无法进行这种计算，因为一直有感性在介入；因为我们说在莫兰迪的画中，这种数学被更加抽丝剥茧地分析，且更集中，因而似乎更加强烈、更有表现力。在此，我们在他对帕斯卡的赞美中，又见到了这个“几乎”：“以数学、以几何，几乎可以阐释一切。几乎一切。”

Paesaggio, 1942
huile sur toile
38 × 49 cm
collection particulière

Lamberto Vitali, *op. cit.*, t. I, n° 458

在《金雀花》[9]，莱奥帕蒂这最后的诗篇中，如果不是因为以一种无比虚无的形式出现的金雀花——它那转瞬即逝而又坚忍的香味，“灭绝者”维苏威火山生成的这片多石贫瘠的风景，将是一片空无，除却死亡——严酷、阴森死寂的空虚，这同样的两种感觉在音乐里，在李斯特的一些晚期作品里亦可以找到。这阴森死寂的风景与我们今日的世界倒是相似。

9　《金雀花》，作于 1836 年，是莱奥帕蒂去世前一年的长诗。讲述维苏威火山之下末世一般的风景，一片荒芜，唯有金雀花蓬勃怒放，不屈不挠地散发着清香。

莫兰迪像我们所有人一样生活在这样的威胁里，生活在这片荒芜的风景里，即使他远离尘事；暴力，以其最恶劣的形式，并没有放过格里扎纳（Grizanna）这个乡下，这个他战时避难的地方。他知道身边在发生着什么，知道是什么在威胁着他以及他的亲友。只是他必定想过，或者说感到，对这一切，唯一值得的回应便是尽可能更深地专注于作品。他比以往更警惕善辩雄才与故作姿态；他也避免借助任何一种神秘学——就像我们在与他相对比较接近的画家朱利叶斯·比希尔[10]那里所看到的，或者像在安东尼·塔皮埃斯[11]的画中，神秘学以更突兀的方式出现，而他似乎是吸取了他们的教训。他一直在沉思冥想，他对着那一小堆物件，不厌其烦地挑选着，将它们聚拢了来，又分散了去，来来回回，反反复复，而没有丝毫卖弄的痕迹，静静地，近乎不动声色，如一个棋手，让赫伯特·李斯特的镜头亦为之惊叹。

10 Julius Bissier（1893—1965），德国画家、设计师。

11 Antoni Tàpies（1923—2012），西班牙现代艺术大师，曾因为弗朗哥独裁政府的迫害，隐匿在修道院创作。作品里经常引入东方的神秘学元素。

真是疯狂，只要想想，想想自己的一生，日日如此。但莫兰迪一点不疯狂；相反，他的眼睛是明亮的，心也是静得出奇；他坚持，毫不懈怠，是因为他一定相信，这三四个主题的这些无穷无尽的变奏，无论多么细微，都不会是徒劳的，哪怕是在维苏威火山的威胁下；相信一个人可以堂堂正正地，将自己的一生囿于这非同寻常的志业中去，任时代的波涛怎样拍打他的门垣，他都不在意。仿佛依旧是有一些事值得付出一试，哪怕是在这漫漫历史的尽头。我们并未完全失却一切，还可以另有所为，而不是因为恐惧而尖叫、嗫嚅，或更糟糕地闭口不言。

至此，说了这么多，却一言不中；这些画作在你面前，谜如青草。

寓言，在莱奥帕蒂这里依旧如此闪亮（“青草鲜花，欣欣向荣/而森林，回到从前……”[12]），而当它们全部烟消云散，莫兰迪也许会借用这最后一条可能的正道。据说，他虔诚至极的妹妹参加弥撒的时候，他便在教堂外等候。他会不会觉得相比教堂里跪着的忠诚者，自己更近于那些在前阶遇到的乞讨者呢？而在他的画室里，描绘一口碗钵，是否要比描绘其他一切——可以唤起宗教的、教会的，乃至炼狱中的灵魂的——都要更自如呢？

12　出自莱奥帕蒂《在春天里，或古老的寓言》。

关于此，我曾在一些静物画中注意到他描绘的白色碗钵，它们令我想到日本的诗僧。我很欣喜地在让-克里斯托夫·贝利（Jean Christophe Bailly）为马格纳尼·罗卡基金会创作的一幕“场景”中看到这样一段话——场景是为展现基金会的藏品而做的，而这段话是根据莫兰迪的全部画作藏品而写的：“……仿佛绘画变成了一种茶道，不过乃是眼目的茶道——将感官的叶片浸入超然之水的一种艺术……”

不细思的话，是可以这么做比的。

Paesaggio, 1942
huile sur toile
38 × 49 cm
collection particulière

Lamberto Vitali, *op. cit.*, t. I, n° 458

4

在这里，有那么一刻。山谷、林木、道路、草场的色彩变成古旧的锈色，又再是紫色，又再是蓝色。薄暮降临，门前阶上的女人们弯下腰，打开自家的炉灶。清澈的铜铃声在村庄里响起。山羊们回来了，在门前，带着一双仿佛我们人类的眼睛。

《他人的房屋》结尾这些句子，忧伤、明净，这美妙的叙述是西尔维奥·阿尔佐[13]的，亦可说是埃米利亚－亚平宁半岛的，而莫兰迪大部分风景正是在此画下。

不久前的一个秋日，在格里扎纳，我第一次看到他用来写生的风景原型，震惊于它们与普罗旺斯德隆最偏远地区尼昂（Nyons）与塞尔（Serre）之间那些地方的相像——同那里一样，这里既柔和而又严酷，是一个荒蛮的世界。正如这画家。他也定然如此。对他，这里也是有点故乡的意思。

13 Silvio D'Arzo（1920—1952），意大利作家。一位早逝的天才。其作品《他人的房屋》（*Casa d'altri*）被蒙塔莱誉为完美之作。

细细想来，莫兰迪的风景画也甚是奇异。严格说来，它们俱是“杳无人迹”；尽管多有房屋，但它们之中大多都空着窗；而即便不空，看起来也似乎是闭着的。可是，将它们视作一个荒芜世界——如T.S.艾略特诗中“荒原”那样的——画像，也是错误的。我不认为莫兰迪——哪怕他是不情愿的或者无心的——在他的作品里用这一部分来哀悼乡村的消逝。

一些评论家已经注意到画家喜欢让他静物画里的物品落上一层薄薄的尘灰，彼时的他可能并不是有意这么做的——这是不是像一层时间，守护着它们，让它们变得更厚重？他的风景画同样常常让人感觉是有一层灰尘蒙着。我便想到那天真的“沙人”。“沙人”的职责即是让人安静下来，睡去。乃至又想到“睡美人”，照亮莫兰迪画作的光由此而可以被称之为“和光”——这光从不闪耀，不刺目，从不闪烁，不穿透云朵，哪怕它清如黎明，有着微妙的灰色、玫瑰色，这光亦是奇异般地宁静。“睡美人”的“梦宫”之景。

所有之上都有一层面纱覆着。还会令人想到“羞怯”这个美丽的词，会让你马上感觉是从一种已经被荒废了的语言那里借来的。且还会让你觉得这些地方——无论莫兰迪如何以他自己那种小心翼翼的方式对它加以深爱——总是看起来遥远而不可抵达，像一个我们永远无法得以栖居的空间。

Paesaggio, 1962
huile sur toile
50 × 50 cm
Bologne, Museo Morandi

Lamberto Vitali, *op. cit.*, t. II, n° 1287

我在博洛尼亚美术馆看到他1962年的一幅风景画（所以算是他晚期的作品）——从正面看到的坎普亚诺[14]的房屋，想到另外一些对照、一些相近。首先，我记起保罗·瓦莱里[15]那几乎过于闻名的诗句："忍耐呵，忍耐，/青天下的忍耐！/每一粒寂静的原子/皆有果熟成就的时刻！"因为这寂寂的忍耐，它让艺术品成熟；因为"忍耐"这个词，它这么美，它与这些风景以及那些画作如此相宜，它其后所召唤的是另一个词——"泌色"。但瓦莱里说得太漂亮了，仿佛他正斜倚在客厅里的壁炉上；但他必定很快将这些忘掉，他也不在乎。

14　Campiaro，意大利格里扎纳所属的小镇，莫兰迪生活作画的地方。

15　Paul Valéry（1871—1945），法国诗人、散文家、哲学家。象征主义大师，延续马拉美的纯诗传统。追求形式完美，而又耽于哲思。晚年的《海滨墓园》是其最为有名的代表作。此处所引诗句出自瓦莱里的《棕榈》一诗，这里的翻译参考了梁宗岱先生的版本。

我将只是记住“忍耐”这个词。统治着画作的光，均匀、暗哑，让人纳罕，这究竟是晨光还是暮光——更可能是晨光吧，因为有一种期盼之感——似乎是在事物内部的一道光；亦像是一根羊毛线，将编起万物——房屋、树木、路、天空——而为一匹织锦，悬于乌有的“极宁宫”墙壁上。有一道光，是内在的，却又是遥遥的，合着无限的耐心。

5

我最先叩问的是莫兰迪的风景画，乃是因为在我看来，那些风景画中的自然世界似乎有助于我们领悟这些画作；然而，它们的秘密却一直在逃逸。那么，他的那些花束呢，亦是如此？（花束？是真的吗？在今日，还有谁，胆敢去画。然而……）

Fiori, 1951
huile sur toile
40 × 30 cm
Bologne, Museo Morandi

画中花朵的颜色，特别地纤巧、微妙；是黎明的颜色、事物始萌而非烂漫的颜色——虽是初开，却全神贯注，虽轻淡，却是密密的。在这里，印象主义者的闪烁、弗拉芒画派的充盈，于我们遥不可及。但这些花朵从不言说即将凋零的脆弱与朝生暮死。它更像是——且让我斟酌我的词句——像是被黎明萦绕着，永存在一朵花蕾之中，以此全部，才可能将永恒出借给这世间最配得上它的一件事物。青春的徽章。这花朵，是阿克罗波利斯的少年会为月神阿尔忒弥斯[16]所献上的。

16 Artemis，希腊最重要的神祇之一，司掌月亮、荒野、森林、狩猎等。但最初乃是以处子之神被供奉，尤其在雅典卫城阿克罗波利斯。

Fiori, 1952
huile sur toile
35 × 20 cm
Bologne, Museo Morandi

哪怕某些花束，色彩濒临用尽、几近于无，然而我们置身其中的，永远不是一个缥缈的世界，亦无甜美。相反，在某些花束面前，你会想到小小的纪念碑；而无任何丧葬或者鬼魅的感觉；或令你想到希腊的龛柱，至纯至柔的生命在那里获得赞美，在那里，奇异地，告别倒仿佛是一次黎明。

这是曾可与少女罗兰的肤色作比的象牙色；这是因为初恋而在双颊上飞起的蔷薇色；这是那些最美时日里的破晓——每一个黎明都将重来一次的破晓之色；将这些迎入花束中，汇集、留存，于花朵的假面下赞美。

如你在五月的枝头看到的一朵蔷薇……

在此，我们可以完整地引用龙萨[17]的十四行诗中广为人知的一首，这一首最后这样终结：

为这葬礼，请收下我的哭泣、我的泪水，
收下这满罐的牛奶、这满篮的花朵，
好让你生生死死的身子，皆不过玫瑰……

或者回到莱奥帕蒂这里，回到《乡村的星期六》中的少女这里。少女从田野中归来，“手握着 / 一束紫罗兰与玫瑰”(un mazzolin di rose et di viole)，因为玫瑰与紫罗兰的花时不同，诗中这一束花便如同莫兰迪画里的花一样，俱为虚幻；然而，与它们一样，在另一种方式下、在另一重空间里，于深深处，又是真实的。

17 Pierre de Ronsard（1524—1585），最早用法语写作的诗人之一，以情诗而闻名于世。

我明白我在此所做的遐想也许从不曾出现在莫兰迪的心中；明白他所画的许多花朵甚至都不是真正的花朵，明白他画它们，很可能思考的只是一些绘画的问题。这倒也没什么——每一幅名副其实的画作都会超越其自身，并唯有至此境地，才能凭着共鸣打动我们。而在这个共鸣里，我于此感知到的回响是委实地发生着的。

Fiori, 1950
huile sur toile
40 × 35 cm
Bologne, Museo Morandi

Lamberto Vitali, *op. cit.*, t. II, n° 708

同样的：每当我看到他的这些花瓶，比如，1950年的这一幅，在它的对页上，博洛尼亚美术馆图录引用了尚·雷马利[18]的话，虽然讲的未必就是这一幅："有时候，一个花瓶便在其孤绝的壮丽中浮现，对着一片或苍苍或雪白的背景，冠以花环，花朵在边缘处蜷曲着、颤抖着，或许因为是刚刚被天使摘下，时当盛开，弱不禁风，沐浴在一道来自彼岸的光中。"说得真好……同样的：每当我兜兜转转只为试图阐明一棵树、一片草地、一方果园的神秘，而后折返它们面前时，却不得不告诉自己尚远未抵达目标；这里，又一次，我须得纠正自己重新讲述：白色花瓶里是一些玫瑰，背景里的两种灰——原本可能是两种赭色——一种稍微淡点，一种稍微深点……这要比我之前写下的一切，以及尚·雷马利的话，都更简朴、更有力！那让评论绝望的东西，却为作品"赋予了莫大的荣光"。

18　Jean Leymarie（1919—2006），法国艺术史家、评论家。

一朵荒漠的玫瑰。（我在后面还将讲到它，讲到蜃景，讲到荒漠。）

尽管我已经讲过了，然而还是不能不说：这种最大可能的剥夺、对装饰的几乎彻底的弃绝，获得了一种“圣母升天”之意。

象牙、尘沙、灰烬。日出前的一瞬。

6

莫兰迪的静物画，神秘更增，相应地，给人的惊异也愈深。因为他这里的“主题”不再是自然、风景、花朵，而是严限在那么几个近乎微不足道的日常之物上。

有时，颜色尤其简素，仿佛是冬日，是木头与雪的颜色。它们再一次地，让你马上想到“忍耐”这个词，想到老农，想到灰衣僧人——与雪中，与空房间里粉白墙壁之间的那种寂静同等。这种忍耐，意味着生活、操劳，意味着“挺住”：谦卑，忍耐，而非反叛、漠然，以及绝望；仿佛有人仍期盼因这忍耐而得富足，乃至相信，可以默默地沉浸在那重要的唯一的光中。

Natura morta, 1957
huile sur toile
25 × 40 cm
Bologne, Museo Morandi

Lamberto Vitali, *op. cit.*, t. II, n° 1056

将五六个、有时甚或更多的物并置起来，摆成一长排，莫兰迪很早就这样地画了；而一年年过去，物的数目在减少，构图却愈来愈凝练、愈来愈令人信服，仿佛他早期那些画已是太拥挤或太聒噪了（够了）！仿佛它们依然有太多搅扰而分了你的心。相反，现在，倒似乎是在风沙里跋涉良久的旅人，终于抵达水井处，是《旧约》里所称的“看顾我的永生者之井”，似乎再无任何理由前行哪怕一步之远。

有人会提出异议：用简单的笔触，缓慢而娴熟地安排组织，不指涉任何具体的现实，如何能创造出同样的宁静之感、同样的“旅人的慰藉”？这并非不可能——比如，罗斯科[19]便是如此。然而，与我们日常生活相关联，哪怕是很模糊地关联着的物所赋予的这种感觉，可以帮我们远离空幻的精神飞翔。仿佛有人告诉我们，一个低到尘土里的祈祷者所讲的要比其他任何人都更真诚、更能得慰藉。

19 Mark Rothko（1903—1970），俄裔美国抽象表现主义画家。对大面积的色块以及有限的几种形式做各种微妙的调整，以此尝试表达某种普遍的情感——这是他晚期创作的主要着力点，也因此而获得巨大声誉。

在他最后的那些作品中，这个茶壶孤零零的或近乎孤零零的，在画布的中间——明显地，莫兰迪与柏拉图还是有分别的，你在这里看到的与其说是一个本质的、理念的茶壶，毋宁说是以另一种形式显现的生命，它挺身而立，且还带着生命脆弱的颤抖。

在另外的时刻，这些物似乎是被一颗依旧在或者说已然在低低的地平线上的星子所照亮；它们被照亮——我本想说的是——被这来自无限遥远的光所擢升、所宽恕。

Natura morta, 1963
huile sur toile
30 × 35 cm
Bologne, Museo Morandi

Lamberto Vitali, *op. cit.*, t. II, n° 1318

餐桌上的谢饭祷告。或是说得有些远了，但我的确是想到了以马忤斯的朝圣者——尽管这里没有饼，没有人子的手，没有圣容。[20]

而因为这道来自左边的光，我又想到了维米尔那些年轻女子站在窗边的画作，甚至想到乌尔比诺的《圣母在塞尼加利亚》[21]（再者，那些蓝色、黄色也都是这三位艺术家的寻常用色）。可以说，几个世纪之前，只被用在年轻女子、天使或圣母衣物上的一道超自然之光，被莫兰迪转换到了一口碗、一只花瓶、一个树脂铃铛上，组成了一幅奇特的"圣谈图"[22]。(莫兰迪可能是第一个拒绝所有这些说法的人。然而，我不想将它们从我脑中擦除——我想到这个，并非全无因由。)

20　耶稣被钉上十字架，门徒四散，就有这么茫然的两人，在去往以马忤斯的路上，遇到一个平常的人结伴而行，晚间在餐桌上分饼，骤然发现日间所遇的这人现出耶稣的容貌。这日常而又庄严神圣的一刻，是包括伦勃朗在内的很多古典画家都曾画过的。

21　意大利画家皮耶罗·德拉·弗兰西斯卡（Piero della Francesca）所作。

22　"圣谈图"（sacre conversazioni），源出意大利绘画批评术语。指文艺复兴以来发展出的一种绘画主题，描绘圣母、圣子与诸圣徒之间的相会、交谈，主要是意念的、精神的沟通与交流。

莫兰迪的艺术越是走向洗练与专注，他静物画中的物便越发地呈现出纪念碑式的造型与庄严，在灰烬、尘埃与尘沙的背景中。

不久前的一个晚上，我回忆起在摩洛哥的一次停留，在奥瓦扎扎特——玫瑰色的尘沙、黄色的尘沙，风一阵一阵，吹起沙子，在远处如同飘扬的旗帜，那些堡垒一样的建筑在充沛的光中若隐若现，并非蜃景，但几乎看不清它们从何处拔地而起——一个清晨，这么匆匆一瞥的风景，为何如此深切动人？我所在的地方，我之前未曾热心拜访，中间也没有任何的个人奇遇（因为，当然，如果在那些隐约的宫殿或城堡里——就像在电影里那样——有一个被俘的女人，或者就只是一个女人——

等着我过去解救她！——那么我的激动自然是可以理解的，没有人会吃惊，如果吃惊的话，那是因为我就是那个英雄！然而，并非如此）。而我远远所瞥见的，甚至不是一个充满宗教神秘感的地方——无论神在场与否，就像埃及或希腊所向我呈现的那种。所以，究竟只是一场纯粹的蜃景？更可能的，只是一场“边界的幻象”：因为沙漠自此延展，在我们面前，无边无际（对我来说，这不像大海那么陌生），便有一种迷醉，而在这之上的是光、火辣辣的漫天尘埃、为先知赤足而造的沙子；而守护着入口的城堡——就像一座座今日尚在那些边关峡谷间扼守着的空落堡垒——实是由书籍所滋养，由沙子所铸就的。而那沙子，正是我们童年时代用来造梦的材料。尽管我们不会走得更远，那天不会，之后也不会，但在

> 那里、在我们面前，一定有某种东西自我内心深处升腾而起，某种东西将我与几乎所有他人自他们的鸿蒙之初就绑缚在一起——足以使人动摇，恍如从流亡中归来。

在一个几近空无的天地里，成为纪念碑的，是那些尘沙的颜色、物象的蜃景。而所有这些交织在一起，也许能够宽恕我在文本此处的这段插入——否则，猛然看上去，它们要比之前我所有的偏题还要更加反常。

Morandi

在这幅画作——来自1950年代的静物画中，只有寥寥的几件物，被放置、聚拢在差不多中间的位置，不过也并非正中央；在画中，它们几乎彼此混融在一起；在画中，它们呈现出纪念碑式的造型，寒俭而又尊贵，仿佛史前立石；轮廓微微颤抖着，却又从不曾在漫漶中失却自我。

Natura morta, 1951
huile sur toile
33.5 × 42.5 cm
collection particulière

Lamberto Vitali, *op. cit.*, t. II, n° 775

在数年前的马赛、最近的博洛尼亚，在我看到这些晚期作品的所有展厅里，均栖居着一种炫目的寂静。

或许有人在那里看到了最后的守夜中燃烧的烛火。这守夜，是日落与日出之间的中继，而无任何守丧的悲哀。

一片无限宁静的光，自别处反射而来。对这片光，对它的追逐、等待、心心念念，永无厌倦。“在古老的大厅里，/在雪光下……”（In queste sale antiche, / al chiaror delle nevi...）[23] 这段令人惊叹的诗句,莫兰迪定然是烂熟于心的。莫兰迪同样知晓，其实，他所说的不只是懊悔，懊悔那缥缈的、失落了的、无可挽回的天堂。

23 出自莱奥帕蒂《回忆》（*Le Ricordanze*）。

Natura morta, 1959
aquarelle sur papier
18 × 28.5 cm
collection particulière

Marilena Pasquali, *Morandi: Acquerelli. Catalogo generale*,
Electa, Milan, 1991–1959/22

Morandi

7

当我此刻重新翻阅佛罗伦萨美第奇宫 1991 年的莫兰迪水彩展图录，一页一页翻过去，钦佩也是渐增着，直臻于目瞪口呆；这种弱音的艺术、留白几近空无的艺术，奇异地引我喝彩。一页一页过去，换言之，更准确地说，是一月一月过去、一年一年过去，此人似乎是越攀越高直至巅峰。形容这些水彩作品，首先想到的词语，将是“庄严”“典雅”“卓绝”。在这些作品面前，我欲罢不能、无法自拔。

因为这种飞升、这种层级渐进，我不由得想到但丁，想到《炼狱》篇、《天堂》篇。这并不意味着——有必要多此一说吗？——我要拿他们各自的作品做比较，我更不想把莫兰迪提升到但丁的高度，把他们放到一座新的帕纳塞斯山上。那将是荒谬的。

然而，一种更为精确的平行对照，虽然并不那么恰当，仍然呈现在我心中，只因为一个句子在心头萦绕不去。是评论家萨莱·布兰迪[24]所写的一句。他说，在莫兰迪的画里，事物似乎是从空间的深处走向我们，恰如记忆从时间的深处显现，“如同海上远远的一个点慢慢变成一艘船”。所以，我不可能不想到《炼狱》篇第二章里那个奇妙的时刻，当摆渡天使在一道迅如闪电的光中降临：

24 Cesare Brandi（1906—1988），意大利艺术史家、批评家。他的“文物修复理论”影响深远，现代文化遗产保护理论便是在此基础上形成。

而那时，正当晨光到来，
透过浓雾，大火星闪烁着深红的光芒，
在西天之下，在平海之上。

于是我看到——但愿不是最后一次——
一道红光自海上而来，如此迅捷，
是任何飞翔亦不可比拟的；

而当我只是稍稍
调转目光，问我的守护者，
我再看时，它已是愈来愈大，愈来愈亮。

之后，我便见它两旁
各有一团白光；又见其下，
渐渐地，有另一团白光。
我的导引人依旧站着，一言不发，
直至最初的白光现作羽翼：
到那时，他便一下子认出了这摆渡者。

他高呼道：“快，快，跪下吧。
这便是神的天使。请双手合十。
从此以后，这便是你将面见的掌管者。”

看吧，他是如何蔑视人类全部的机巧，
不用船或桨，而只用他自己的羽翼，
便可以在这样浩渺的海上航行。

看吧，他是如何直接凌空，
以其永恒的羽翼迫击长空，
他的羽翼非同凡人的毛发，永无凌乱。

毫不夸张，最终证实现作天使羽翼的“最初的白光”，我在其 1959 年的一些水彩画中看到了；我们不知道那空白究竟是高高的白瓶，还是一些空隙与留白（颇像无瑕的翅翼）……

不妨欣然比作一朵云，天真地从心田上飘过、消逝，而了然无痕。

此外，从某种意义上而言，阅读但丁的时候，我们有那种真正所谓的兴奋狂喜，也并没有什么了不得；但如果没有这种兴奋狂喜，诗人便是有所不及。

不过，没有贝雅特丽齐[25]来引导莫兰迪的眼与手，也没有人真的想要在他的作品里寻找一位天使“以其永恒的羽翼迫击长空”。然而，这种飞升的感觉——如果你留意其作品的演变，你就无法否认——而如果这样的感觉是真实的，那么要做何理解呢？如果只因为没有天使的羽翼，没有任何一位玛蒂尔达[26]在轻歌曼舞中预告并宣讲，我们就不能依旧从那些近乎微不足道的事物之中、从那些无休无止的瓶瓶罐罐之中，体验到某种飞升甚或是“圣母升天”那样的感觉吗？

25　贝雅特丽齐，是《神曲》里接继维吉尔、引领但丁进入天堂的女神。

26　玛蒂尔达，是《神曲·炼狱》篇中一位身处“尘世乐园”、沐浴在爱的光辉中，终日行吟歌舞的贵美人。与贝雅特丽齐一样，是引领但丁飞升的女神。

Natura morta, 1959
aquarelle sur papier
16.2 × 20.7 cm
Berne, collection F. et E. Oberholzer

Marilena Pasquali, *op. cit.*, 1959/39

又会想到柏拉图在《会饮篇》中对我们所做的邀约，一种更加古老的飞升。然而，这种向着纯粹理念的飞升在艺术里，是否导向的是蒙德里安晚期作品所呈现的那种几何学家的天堂呢？一个令人窒息的天堂，一个令人喘不过气来的空间。而莫兰迪的画作，哪怕色彩淡化至极，哪怕形相消失殆尽，依旧是有气息在——仿佛我们在此能听到将死之人唇间嗫嚅着的临终遗言。

我在莫兰迪最后那些静物油画中看到的纪念碑式的造型，在水彩画这里，变成了无形的石碑一般的东西。

有没有那么一两样事物，我要再说一遍，是一两样日常熟悉的，而非为了使其上升为某种与死亡同义的绝对理念乃从世界上抽象出来的，且恰好又足可让人宽慰的事物，能让旅人带着它们毅然前行。这物成了临终的圣餐了吗？[27]

27 基督教正统确立之前，有一些宗教认为死亡乃是从这个世界到另一个世界的旅行，所以会给亡者一些包括食物在内的“旅资”。这一象征性行为后来被基督徒吸纳，转化为“临终圣餐”的仪式。

是否唯有上升至主显圣容[28]的地步，方可令他们与今日的我们皆可触及？

尽我所能——面对莫兰迪的作品，尤其是他晚期的创作、他的“最高层级”，我的激动与我的惊异交织在一起，然而如果没有在这些情感几近消失的时候，最终产生某种“圣母升天”式的东西，那么，它们将是浮夸的；然而本质上，即使事物退却、消失，首先，它们不会被缩减为逐渐消失的实体，成为叹息、成为亡魂、成为模糊的碎片——就像在某些现代绘画里经常发生的那样（那些现代绘画经常容易并且错误地被拿来与莫兰迪这些作品比较）——却很奇异地保留了某种纪念碑式的东西：可以大胆地说，如同一个没有国土、一个“清心寡欲”[29]的王，在无名的边界处、在可见世界的最终边缘处所竖起的无形石碑；其次，也是最重要的，乃是几乎退却、几乎消失——颤抖着的、最后的话语也让我想到《炼狱》篇开始的“海水的震颤”

28 《圣经》上讲雅各、彼得、约翰被耶稣带到高山上，随后见到耶稣突然变像，面目如日月，衣服洁白放光，而摩西与以利亚也骤然现身，与耶稣言笑闲谈。

29 帕斯卡尔的句子：一个清心寡欲的国王，也将是一个满怀悲哀的国王。

(tremolar della marina)[30]，想到最后的玫瑰色、最后的黄色、最后的蓝色，毋宁说，那些日出时候的色彩、那些原色——它们所照见的并非空无；它们也没有让位给空无（否则，我们唯有带着恐惧望着它们）；它们没有在空无面前退却、被征服或驯服，反而是在即将吞没它们的光涌入之前完成这些。

同样的，从另一个角度来看——那些濒于寂灭之时，近乎呢喃地流利说出的临终之言，绝非死亡的言语、任何终结的言语；毋宁说是一切言语的凝聚，或花蕾，等待着再一次绽放。

仿佛这画家早已经耐心地开辟出了一条路，直抵人人皆梦想着的最能抚慰人心的光芒。

30　意大利语，出自《神曲·炼狱》篇第一章，维吉尔引领但丁穿过幽暗的地狱，来到净界，得了前路的指示后，对所见天地时辰的描写：晨光退却夜晚的最后一刻，夜晚逃去，于是，远远地，亦可见到“海水的震颤”，指的是光在海上水面的闪烁，波光潋滟。

8

“以数学、以几何，几乎可以阐释一切。”在这个“几乎”中包含着的正是我们生命的冲动、人心的热忱与渺茫；以此，莫兰迪远不止一个微妙的形色安排者。正是在这个“几乎”中，有气息流动，免我们困做算数的囚徒。无疑地，我们是可以这样讲的，只要我们记得，算数亦是不可或缺的。

退一步：我发现自己依旧与目标相距甚远，讲完所有这些话，如同我写完关于草地的文章之后再次凝望现实的草地——草地，比我能讲述的任何话语都更简朴，而又更神秘！但也许这样更好。为了草地，为了这些画。两者都不大情愿让任何人来代表它们讲述……

再退那么一小步：毕竟，我并没有受任何逼迫来费此心力。此外，我也可以抛下笔，让自己免于这份失望。是惯性让我继续下去的吗，是害怕因为缺乏练习而在大限之前日渐衰弱吗，或是某种难以言明的理由呢？

但这些年里，我也想过，在某些境况里，太多的思虑与自我鞭策也只是荒废了时间与心力而已；在这样的境况里，接受天真、大步向前或许更好。我在这里所做的便是如此，不再拐弯抹角，而是单刀直入；哪怕到头来，被视作活脱脱的一个呆子。

我须得说回之前引用过的莱奥帕蒂那一句（“而最终，一个声音……”），将这一句与他在《杂烩》（*zibaldone*）中绝望地、坚决地宣称“一切皆恶”的那一段文字作对比；我想要重申的是依我的直觉，前者是随手所记，对道德智慧也没有任何严格的断言，虽不过是极短的一句评述，却似乎比那些宣称了我们命运的方方面面、那些斩钉截铁的理念都更真切。仿佛仅凭纯粹理性实不足以抵达真相。

我听他们说，真、善、美之间的联结终是断掉了，如果说曾有过这个联结，或者说如果它们依然在我们的头脑中萦绕不去的话，那么就需要尽快将其斩断——说到底，何以要在真与恶之间做一个重建呢？既然你我实不过是凡人，何以死就要比生绝然“更真”呢？何以我们所欲望的，就唯有光，而非黑暗呢？

实在地说，这些词句在我肩头担着是有一点重的;在心头，也不免是有一点堂皇了，心与词句几乎俱是一样的细狭。然而，在我的一生里，一些相逢正在于此，包括与莫兰迪这些作品的相逢,包括与这些光的相逢。这些光如此沉静、如此令人茫然，乃至连我们这些余众，似乎也可以再次拥有无尽的宁静。

在一个盒子、一个罐子、一个瓶子近旁的，这个近白的碗钵——它是不是比任何其他的碗钵都更适合朝圣者带在自己的行囊里，并且在停歇处，在“看顾我的永生者之井”处汲水解渴呢？哪怕是一个如如不动的朝圣者——当他的双脚不再领引他，而最终唯有在自己的思绪中行进的朝圣者——亦可如此吗？

Natura morta, 1959
huile sur toile
24.5 × 30 cm
collection particulière

Lamberto Vitali, *Morandi: Catalogo generale*, 2 vol.,
Electa, Milan, 1977, t. II, n° 1055

译后记

朝圣的路
以及
诗人献给画家的
一章水仙辞

作为里尔克谈塞尚那些书信的法文译者，雅各泰以为，那部诗人谈画家的经典之作，实是细描了一个诗人如何尝试趋近一个画家，就像塞尚趋近圣维克多山，走的俱为一条朝圣的路。而他自己，在面对莫兰迪、在心生震动时，所做的也正是一个趋近。趋近一个谜。

所谓的谜：这位画家用一生，反反复复，来来回回，所描绘的只是那么几朵花、一点风景、一些瓶瓶罐罐。然而，这有限的形里，却仿佛有无尽相。这谜甚至让人起疑。有点像斯特兰德在霍珀画前的感觉，有些熟悉，却是道不清说不明的。斯特兰德写霍珀，没有任何理论的切入，没有任何意义的脚手架，只是一种原始的观看、近乎天真的观看（这倒与里尔克在 1907 年的秋天遇到塞尚又是一样的）。斯特兰德那里，更多的是作简单白描，如是我见。而雅各泰却有不同。

若说斯特兰德是一步一步脚踏实地地行走，那么雅各泰便是在空中飞翔。他讲莫兰迪，却分明见里尔克、但丁、帕斯卡、莱奥帕蒂、巴赫、维米尔、贾科梅蒂……这些诗人、哲人、画家、音乐家，在召唤中纷至沓来，自相映发：或者并置来，看形相的差异，看构图与光色；或者远溯而去，拓印彼此的思想图谱；或者进行比对，演绎他的巴赫式的变奏手法。他以他们为观照，照见其画作里数学与几何的精魂；照见其画作背后的黑暗深渊，以及其上燃着纯粹火焰的振奋的灵魂、少年的灵魂；照见其画作惊人的平静与同等的激越。

雅各泰说但丁诗句能使我们飞升或狂喜，并以为这是诗人必备的，倘若没有，便有所不及。而莫兰迪显然是有的。的确，雅各泰在那些静物、花朵、水彩前，每每耽思、寻觅、偶然兴得时，总是会感味到“圣母升天”“主显圣容”“圣谈”“临终圣餐”等《圣经》里的奇迹、超凡入圣的奇迹，云门宗所言的“拄杖子化作龙，吞却乾坤”的奇迹。这也是一种炼金术的原理，含有某种物理的转化、某种精神上的变幻。这便是莫兰迪的秘密所在、他画作里相与无相之间的幻化之谜所在。当然，也许这都不相干，因为莫兰迪走的或许是另外的路——想想牧溪——我对他的喜欢，永远都要在对莫兰迪的喜欢分值上另加三分——只因为他那幅《六柿图》——想想，那永恒的六个柿子。而那幅画，它自身仿佛已成了绘画的第一义。相与无相俱在。在此说什么擢升不擢升，都只觉得是落于下乘。

我又想，雅各泰为何要选择莫兰迪呢？这其实是要想一想的，因为如他自己宣称的，他之前从不谈画—— 他本是很有资质的：与他偕隐且一生挚爱的妻子即是专业画家，他家里也有不少当代画作收藏，自己又曾专门钻研过 16 到 19 世纪的绘画——而最终因为莫兰迪食言。这样的破例、这样的郑重，而我们——起码作为译者的我——不问这个，简直是有点轻浮了。

而对此，第一个想到的，是他们的人生。他说莫兰迪如僧侣，背对世间以及世间的日月。说莫兰迪对两位思想先驱的心仪，其中之一便是共有的隐逸心。而他自己不也正是如此：1925 年出生的他在二十八岁结婚的当年即离开巴黎，在法国南部乡村隐居，直到今日。

然后是他们的作品。他屡屡提及画作里弥漫的专注与耐心，以为莫兰迪的人生与作品皆分明地在抵抗着涣散。而这不也正是雅各泰的写作品格吗？这里只讲一点，就是对光的辨认。莫兰迪画作里有光吗？当然有，然而是几不可见的（almost invisible）。但雅各泰却能看到—— 暗哑的光、永恒的光、宁静的光——且看得明晰：他能分辨出是晨光还是暮光，是迟落在地平线上、遥远的星子的光，还是黎明日出之前、那一瞬的光。他说画家对光的追逐、等待，心心念念，永无厌倦。而这恰好不就是雅各泰自己吗？他就是一个捕捉微光的人啊，他被称为"黎明诗人"。诗人冷霜翻译了他不过十首诗，就已经敏锐地感受到他"似乎倾力于书写昼夜更替之际光影变化的无穷奥妙"，"醉心于捕捉事物的黎明状态"。所以，他们是同类。即使笔调这么减省，但其实与里尔克遇见塞尚的那种燃烧与迷醉，有着同样的强度。那么，其实这本书乃是诗人为画家献上的一章水仙辞。

“你终于闪耀着了吗？我旅途的终点。”

是梵高，他有一幅自画像，一个背着画具的画家阔步走在一条大道上，去往塔拉斯孔，那是他绘画的地方。画家走在路上，阔步走着，背后是金色的麦田，脚下的路明亮、五光十色，梦幻一般。画家的脸看不清，暗暗地，简直与地面拖着的影子有同样深度的黑，灼烧后所留的黑。黑得惊心，像痛苦。

光哲

2019 年 7 月

北京良乡

纸上造物

用心，有趣，深且美

出类，以及一切纸上的可能

图书在版编目(CIP)数据

朝圣者的碗钵:莫兰迪画作诗思录/(法)菲利普·雅各泰著;光哲译. —北京:商务印书馆,2019(2021.11重印)
(艺术的故事·眼与心)
ISBN 978-7-100-17764-1

Ⅰ.①朝… Ⅱ.①菲…②光… Ⅲ.①散文集—法国—现代 Ⅳ.①I565.65

中国版本图书馆CIP数据核字(2019)第185229号

朝圣者的碗钵:莫兰迪画作诗思录
〔法〕菲利普·雅各泰 著
光哲 译
柯梦琦 校译

商 务 印 书 馆 出 版
(北京王府井大街36号 邮政编码100710)
商 务 印 书 馆 发 行
北京雅昌艺术印刷有限公司印刷
ISBN 978-7-100-17764-1

2019年10月第1版 开本787×1092 1/32
2021年11月北京第3次印刷 印张3¼
定价:58.00元